KB260016

오늘은 이 산이 고향이다

오늘은 이 산이 고향이다

이종만 시집

문학세계사

□ 시인의 말

마음이 고우셨다던, 얼굴도 모르는
나의 아버님께 이 시집을 바칩니다.

이 종 만

2

3

1

별

생각하기보다 기도하기로 한다
기도하기보다 미소짓기로 한다
미소짓기보다 손을 잡아주기로 한다

꽃밭에서

꽃이 좋아
내 꽃밭에 들었지만
죄에 물들까 먼 데서
새 한 마리 운다
벌들은 잉잉거리고
죄는 보이질 않고
꽃이 시들 때까지
시드는 꽃만 보인다
죄는 꽃씨 속에 숨어 있는지
새 한 마리 날아가며
들릴 듯 들릴 듯 울음 운다

나의 소원

굴이 갯바위에 달라붙듯 내 너를 사랑하리니…

화개장터

버들붕어 잡다
물소리에
씻긴 줄도 모르고 씻겨서
눈물같이 드러나는 사람
그 맑은 강물에조차
응어리진 채
어른이 되고 말아
아직도 아픈 사람
작설차 향기 배인
산맥은 푸르러 푸르러
장터에서 묻는 찻잎 같은 안부
잡은 끈 놓지 못해
저무는 봄날

천 국

풀벌레가
지구를 끌고 간다
제 울음 속으로
강도 산도 끌고 간다
막무가내
마음도 끌고 간다
어디쯤일까
밤이면 밤마다

지구를 끌고 간다

죽은 형님

잠든 이 깨우지 마라
꽃 피어 물소리 새롭다 해도
잠든 이 고요 흔들지 마라
아예 부르지도 마라
눈물도 흘리지 마라

잠들어 있어도
꽃 피면 물소리 새롭고
처마 끝
제비 지저귀며
봄노래 부르리니
잠든 이 깨우지 마라

음삼월

도라지 씨 뿌리다
음 삼월 품에 안겨
꾸벅꾸벅 조는 할머니

처녀 살결 같은 버들잎 만지작이다
찔레순 꺾는 인기척으로 다가갔더니

저승길 거닐자고
흰나비 너울너울
산그늘 속으로 들어선다

가을 산

제 발자국 소리에 놀라
십 리쯤 달아난 노루
망개나무 오얏나무
스치는 바람소리뿐
길 잃지나 않을까
꼬리 문 물소리뿐

제가 고요한 만큼
산은 억새꽃을 피워놓고

아프리카

아프리카 평원에는 기린 아저씨 산의 은밀한 부위를 자꾸 넘본 때문일까 구름 뜨면 구름 속 산 하나 솟아날 뿐 임팔라가 엄마품처럼 달려가도 끝은 잡히지 않고 염전 같은 가뭄 짓누르고 있다 두 눈에 다 담을 수 없는 누우 떼의 발자국에 허둥대던 사자 한 마리 TV화면 밖으로 쫓겨나고 아프리카 붉은 바람이 창문을 세차게 흔들었다 한 무리 독수리가 화면 속으로 날아들 때 아프리카 아프리카 코끼리 내딛는 소리에 아래층 할매의 놀란 손주놈 울음이 흔들리는 위층을 간신히 떠받쳐 주었다 아프리카 평원에도 울음이 서로를 지켜준다

숲

숲에 갇혀 새가 울고 있다
다가가면 그만큼 멀리서 우는 새
나를 붙잡은 여름의 쇠사슬은
녹슬 줄을 모르는데
갑작스레 쏟아붓는 왕매미 울음에
잎새들의 떨림은 물결로 일렁거린다
발길에 튕겨와 버정이는 햇살
숲은 다람쥐 귀에 굴러드는 솔방울
소리 하나 없는 고요로 발길을 불안케 한다
숲 속의 나를 소화시킬 것인가
토해버릴 것인가
컴컴한 심호흡을 하는 숲

산 속

눈이 부신 산 속 물결
피라미 떼가 푸른 하늘을 헤엄치고 있다
처음 뭍으로 오른 개구리 한 마리
훌쩍 저승처럼 먼 버들가지를 건너뛸 때
눈부신 물줄기가 빼앗듯 껴안는다
산 속이 산 속 물 속이
모두 웃는다

아직 인적이 뜸한 계곡이다

붉은 강

천둥 앞세워
풀잎 적시던 비
처음에는 실뱀장어 같더니
천둥 또 앞세워
천수답 적시던 비
계곡에서부터는
비를 넘어서 버렸다
고개 바짝 쳐든 뱀이었다
논밭을 지우고
길을 다 지우고·
물줄기 다 지워버리고도
꿈틀거리며 기어가는
배부른 뱀이었다

버스는 나를

　버스는 자기 신발을 다 닳아가며 나를 태워준다 창 밖 가
을 억새 선명한 귀밑머리를 보여준다 그러다가 내가 싫증
낼까봐 강을 보여주기도 한다 눈길 스쳐가기 바쁘게 높은
산 낮은 들도 보라 한다 그러다가 또 꾸벅꾸벅 졸기라도 하
면 덜컹 깨우기도 한다 산모롱이길에서 버스가 비틀하면
나도 비틀거린다 어떤 때는 휴게소에서 10분 가량 제 품에
서 놓아주기도 한다 버스는 제 알을 품는 암탉처럼 나를 품
어준다 버스 같은 사람 아직 이 세상에서 보지 못했다

방문을 열다

귀뚜라미 울음에 방문을 열다

휘영청 달빛에 방문을 열다

소복소복 내리는 눈에 방문을 열다

소리 없는 봄비에 방문을 열다

못 하나

어릴 적
아무렇지도 않게
그 둥치에 못을 박은
물푸레나무
못 박힌 채
내 나이만큼
자라고 있다

초가을이면
솔바람에
귀를 세우는
내 나이 마흔 살

오랜만에 찾아간
고향집
물푸레나무에 박힌 못
뽑히지 않아
쾅쾅 쾅쾅
더 박고 돌아왔네

먼 마을

감나무
갸작 갸작
전화 받았나 보다
갸우뚱
갸우뚱
감나무 가지
한 계단 뛰어내려
갸쟉 갸작
전화 받았나 보다
전화를 받아서
신이 났나 보다
나뭇가지 하나
건너 뛰더니
먼 마을
텃새 한 마리
꽁지 내렸다가
날아오른다

어 둠

산길을 따라
오르던 저녁
깊은 산골 산허리
외딴 토담집
벙어리 과부 혼자 사는
토담집에 한참 머물다
한 줄기 바람이 되었다
저녁연기 이끌고
하늘로 올라갔다

마음이여
하늘로 간 마음이여
그래서 밤하늘 가득
별을 뿌려 놓았구나

도적 비

밤새 아무도 모르게 큰 비 내렸구나

큰 도둑 다녀간 듯 큰 비 내렸구나

냇고랑 물소리 꽃 핀 듯 새롭구나

닳고 닳은 쟁기날 더욱 눈부시구나

해바라기 바짝 고개 들어 해바라기하는구나

달

어머니는 하늘에 살고 아들은 산 속에 살았습니다 달이
늦게 뜨고 일찍 지는 깊은 산 속 아들은 어머니가 보이지
않으면 궁금했지만 죽을 지경은 아니었습니다 어머니는
하늘에서 아들을 걱정하는 일로 살았습니다 아들에 대한
걱정이 어머니의 유일한 희망이었습니다 뒤늦게 어머니의
희망을 알게 된 아들은 보름날이면 일부러 뒤늦게 마당으
로 나오곤 했습니다 하지만 구름이라도 끼는 날이면 안달
했습니다 마른쑥 지펴 연기를 피워올렸습니다 그믐밤에는
집안에 불이란 불은 다 켜놓았습니다 동구 밖 외등도 밤새
켜놓았습니다
　어머니와 아들은 천 년을 살았습니다

김씨의 저녁

고추는 붉어지고
벼는 고개 숙이는데
가을이면 속이 더 허전한 김씨
왼종일 바람만 드나드는
집으로 돌아간다
황구 한 마리 없는 집
장독대 사이 개망초꽃이 반겨줄 뿐
술자리 오라는 전화도 없다
낮에 먹다 만 밥 데워 먹고
담배 한 대 피워 물고
어제와 같이 마주 앉는다
텔레비전 바라보며 울다 웃다가
꺼진 텔레비전에 비친
제 얼굴 바라보며 불을 끈다

까 치

겨울 미루나무 높은 가지 위에
둥지 트는 까치
강 건너 갈대밭 삭정이 삭아
눈부신 울음으로 엮이는지
지금 한창 햇살로 떠오르고 있다
어젯밤 몸 풀다 간 견우직녀
잠자리의 비밀도 섞어
사그락 사그락 눈 소리 헤쳐 집 짓는다
전해야 할 소식 보듬는 늦잠 가까이
반짝반짝 웅살이를 앓는다

그 는

　나무처럼 뿌리가 뽑힐까 그는 꼿꼿이 서 있다 지진이 스쳐가는지 흔들리기도 한다 팔짱을 꼈다 풀었다 숨 가쁘게 세월을 닦달하다 화산 같은 한숨을 내뿜는다 꼬리가 밟히는지 뒤돌아보자 머언 하늘도 당겨놓고 눈 비비다가 절망이 어른거리는지 두 손으로 얼굴을 가리기도 한다 그는 동터 오는 아침의 미소를 짓다 먹구름 스쳐가는 듯 다시 불안해한다 그는 말이 없었지만 인기척 같은 하품을 하기도 한다 무덤 속 같은 침묵 때문일까 얼굴을 수그렸다 포클레인처럼 들어올리고 있다 마음 속의 그리움 때문일까 안절부절못하다 그는 고요해져 있다

그녀는
—P에게

　그녀가 온다 한다 그녀는 버스보다 택시를 자주 탄다 그녀가 내리는 곳에 나는 버드나무 한 그루를 심어놓았다 버드나무가 팔랑팔랑 나보다 먼저 그녀를 알아볼 것이다 내 눈보다 귀가 먼저 정류장에 나가 있다 그러나 그녀는 오지 않는다 어떤 때는 이틀이 멀다하고 온다고 해 나를 정류장에 살게 한다 멀리서 보면 정류장은 보이지 않고 버드나무만 우뚝 서 있다

귀뚜라미

귀뚜라미 울음은

아버지 제삿날 밤 뜨는 초승달같이 맑다

귀뚜라미 울음은

달빛에 동그래지는 밤이슬같이 차다

귀뚜라미 울음은

가을 밤 고향 가는 길같이 길게 이어진다

귀뚜라미 울음은

어릴 적 어머니 치마폭같이 나를 감싼다

귀뚜라미 울음은

동구 밖 느티나무처럼 누굴 기다린다

고향이 어려온다

겨울 철새들이 하늘보다 먼저 안겨오고 철새들이 엮어
놓은 긴 고삐줄에 이끌려 나는 따라나섰다 산은 앞산 줄기
활짝 산그늘 없는 길을 열어주었다 파르르 떨어대던 겨울
나뭇가지를 되새 떼가 진정시켜 눈보라 몰아쳐도 산은 가
슴을 닫을 생각이 없었다

가슴을 열고 닫는 겨울산 더 높아져 작은 산들이 몰려온
다 작은 산들이 기웃거린다 노루 한 마리 겨울산 눈부신 곳
을 바라본다

오늘은 저 겨울산이 고향이다

2

옛 집

햇살이 마을로 걸어간다

숲 나무 여인 전봇대 애무하며

토끼풀에 이슬방울 달아주며

산그늘의 등허리까지 두드리며

햇살이 마을을 지나간다

온 들녘 호박 줄기처럼 살찌우다

구세주처럼 다시 오시려고

피 흘리며 떠나가고 있다

풀 밭

풀밭 속 바위는 잊혀지고 있다

여름이면 얼마나 넓어지는 초원이랴

풀밭 부풀어오르고 하늘도 푸르러

뿌리 깊은 바위를 지웠다

당분간 세상은 얼마나 평온하랴

여름이 무성하게 지나가고 있다

태양의 학교

색색 비닐 줄 매달고
만국기 달고
종소리 울리는
추석 직전 들판
가을 운동회를 한다
높은 하늘 박차고
참새들이 달려나간다
흰 구름이 응원가를 부른다
새 떼들 들판을 한 바퀴 돌아
논으로 곤두박질한다
허수아비 아저씨는
등수를 가려줄 틈도 없다
일등도 꼴등도 없다
종소리 다시 땡땡 울리고
하늘을 먼저 차지하려
새들이 날아오른다
하늘에서 교장 선생님
불콰한 얼굴로 웃고 있다

초 경

하늘이 턱 고이는
거림골 입구 구절초 피었다
한들한들 꽃향기 핑계삼아
가을 바람 붙잡아 볼까나
건듯건듯 따라가다 보았다
붉디붉은 단풍나무 한 그루
초경을 하고 있다 안절부절
초경이 무서웠나 보다
왁자지껄하던 산새들 울음이
물소리처럼 산 뒤로 물러선다
키 큰 단풍나무들이 숲을 이루어
붉은 숲을 더욱 붉게 했다
짓궂은 사내녀석들처럼
거림골로 몰려오던 구름들
산불 크게 난 줄 알고
거림골 초입에 한 발자국도
들여놓지 못했다

꽃이름

개망초꽃에게 우리 장미야, 하고 불러본다

나비가 날아와 앉는다

장미꽃에게 개망초, 이 개망초야, 하고 불러본다

나비가 날아와 앉는다

풀 꽃

쑥
개망초
민들레
저희들끼리 정겹다
빈 깡통
빈 맥주병
빈 청량음료병
사람들이 버린 것들과 딩굴며
하늘만 쳐다보며
하늘만을 향해 자랐다

쑥꽃
개망초꽃
민들레꽃
풀꽃이 활짝 피었다
개구리 열 마리 폴짝
여치 백 마리 푸드득
말잠자리 천 마리 선회 중

자동차 백만 대 쌩쌩
풀꽃 옆 고속도로를 달린다

오래된 마을

한겨울 산그늘 드리웠는데도
음촌은 산그늘만 덮고 있다
음촌은 양촌을 꿈꾸지 않는다

그는 그림을 완성했다

가을산 지워버리고
다시 그린다
불타는 산을 지우던 붓놀림
그새 찬비 내렸는가
빈 나뭇가지에
잎새 하나 떨고 있다
이윽고 붓이 먹을 머금었는가
가을 햇살 빛나고
기러기 세 마리
한 획으로 날아간다
붓은 더 이상 움직이지 않고
나머지는 다 여백

그는 그리지 않고
그림을 완성했다

우리는 뒤돌아서서 걸었다

시한부 생을 사는 김영화 선생 댁에 문협회원 몇이서 병문안을 갔다 창문에 걸려 있는 한 달치 일력 쳐다보기가 민망했다 6개월 남았다던 생이 순식간에 지나가 버렸다 바깥 바람이 차서 창문을 닫는데 김선생 눈길이 일력에 가 있었다 우리들은 김선생 눈에도 일력에도 눈을 줄 수가 없었다 우리는 눈을 뜨고 있는 것이 아니었다 입이 있었지만 아무도 입을 열지 못했다 김선생에게 제대로 작별 인사를 할 수도 없었다 함께 병문안 갔던 우리 회원들도 헤어지는 것이 서먹서먹했다 우리는 아무 말도 하지 않고 등을 돌려 저마다 앞으로 걸어나갔다 뒤돌아보지 않고 걸어나갔다

새 길

봄산 허리를 짓뭉개듯 지나간 그 사람은 알기나 했을까

달래 내음 한 줄기 안개 속에다 길을 냈다

빗소리

비밀과 비밀 사이로
비가 내린다
사람들 모르게
땅을 적시고
풀잎을 자라게 하고
수증기를 올라가게 하고
구름을 무겁게 하고
비밀과 비밀 사이로
꽃을 피워올린다

섬

바다가 내놓은
엄지발가락
하나

누가 밤새
발톱에다
빨간
매니큐어를 칠했나

통통배 타고
가까이 가보니
동백섬이었네

아 침

아침 해가
발꿈치를 들고
담장 안을
살핀다

마당 한구석에서
올해 처음 얼굴 내민
분꽃 두 송이가
눈곱을 떼고 있다

새 벽

암탉이
제 몸 속에서
보름달 하나를 꺼내놓고
잠 아직 덜 깬
동네가 떠나가라고
어서 와서 보라고
울고 있다

여름 산길

여름 아침
산새들
오늘도 첫날인 듯 바쁘다

솔방울새
솔방울로 구르며
안개 속으로
길을 낸다

휘파람새
휘파람 불며
햇빛을 부른다

굴뚝새
굴뚝에 올라
어서 밥 지으라고
노래한다

땡초 따먹은 잉어

물난리 난 금산 들녘

전봇대 숨은 물 위로

땡초 따먹은 잉어

입안 얼얼해 쏘다닌다

* 땡초—작고 매운 고추.

3

하나님이 있다
— 양봉일지 1

네 모습만 보아도
아카시아 폭밀*임을 안다
네 모습만 보아도
꽃이 비에 망가진 줄을 안다
어느 곳으로 날아가야 하는지
언제쯤 비가 올 것인지
너는 알고 있다
오늘은 유밀*이 될 것인지
아닐 것인지
너는 알고 있다
너는 잘 알고 있지만
늘 긴장하고 있다
하지만 너의 긴장은 자연스럽다
나도 너를 닮아 긴장한다
벌과 함께 꽃을 좇다보면
하나님이 있는 것 같다

*폭밀—꽃에서 꿀이 많이 나는 것, *유밀—꽃에서 꿀이 나는 것.

꽃의 비명
—— 양봉일지 2

벌이 꽃에 붙잡혀
허우적거린다
찰거머리 같은
문어 같은 꽃
벌은 벗어나려고
꽃을 가랑이 속을 쏜다
앗, 뜨거워
비명을 지른다
벌이 죽는다
꽃이 진다

풀 뱀
—양봉일지 3

봉장에 놀러온 풀뱀
등에 훈연기*를 쐬어주자
뻔질나게 도망간다
풀들이 키 낮춰주고
돌들 몸 비켜준다
풀뱀 풀 속으로 들어가
풀밭이 되어 버린다
뒤쫓지 말아라
찾지 말아라
바람이 옷소매 잡아끈다

*훈연기—벌통을 들여다보거나 꺼낼 때, 벌들을 쫓기 위해
  마른 쑥으로 연기를 피워올리는 기구.

수우도 동백
―― 양봉일지 4

봄이면 불보다 뜨거운
수우도 동백꽃
그 불길 속으로 벌통을 싣고 간다

섬에 닿기가 무섭게
벌들이 불 속으로 뛰어든다
꽃이 불을 내준다
불에 덴 벌들이 돌아온다

섬은 이제 외롭지 않다
파도가 몰려와
해안을 핥고 간다
섬은 더워져 있다

수우도 선착장
작은 목선 한 척
뭍을 향해 꾸벅꾸벅
절을 올리고 있다

벌 쫓지 마라
—— 양봉일지 5

머리 위에 맴도는 벌 쫓지 말라 죄 지은 듯 두 손으로 얼
굴을 가리고 조심조심 걸어가라 손을 내저어 벌 쫓았다간
비수같이 화살같이 날아와 네 얼굴을 쏜다 손으로 후려쳤
다간 벌이 벌들을 몰고 온다 벌 떼가 널 에워싸 쏘아댈 것
이다 그 때는 덤불 속으로 몸을 숨겨라 벌들이 풀섶에 핀
꽃의 유혹에 넘어가 꽃으로 날아갈 것이다 벌이 윙윙거리
지 않고 이 꽃 저 꽃에 한눈 팔고 있을 때 몸을 낮춰 나오너
라 벌 한 마리가 끝내 널 쏘려 맴돌고 있으면 죽은 듯 몸을
숨겨라 더 꼭꼭 숨어라 화살 하나 날아간다 싶으면 그 때
훌훌 털듯 나오너라 벌 한 마리 어느새 앞산 풍나무 꽃을
향해 날아갈 것이다

불법 침입

── 양봉일지 6

이 꽃 저 꽃 벌이 모은 사랑이
벌통 속에 가득 쟁여 있다
어떤 사람이 그 속을 훔쳐보려다
눈가에 침 한 대 얻어맞고 줄행랑이다
벌통 속에는 벌만 들어갈 수 있다

야반도주하듯이
—— 양봉일지 7

벌은 야반도주하듯이 옮겨야 한다
남의 것 떼어먹고 도망치는 사람처럼
그러나 나는 꽃 속에 사는 사람
꽃 속으로 떠나야 하는 사람이다
벌통을 옮기는 날은 정해진 날이 없다
점심 먹다가도 꽃 피었다는 소식이 오면
첫 별 머리에 이고
어둠 속으로 스미듯 달려간다
어떤 날은 구름을 읽고
서둘러 떠나기도 한다
여기는 남쪽
바람이 남은 아카시아 꽃을 떨군다
충청도 아카시아 꽃이
급히 오라는 전갈이 왔다

꿀은 하늘이다
—— 양봉일지 8

벌이 금방 따온 꿀은
방금 낳은 계란같이 따뜻하다
꿀 한 되 집으로 들어가면
집안이 따뜻해진다
집안 사람들이 달콤해진다

꿀 한 되에는
지구를 몇 바퀴 돈 길이만큼
길고 긴 벌의 길이 들어 있다
길고 긴 비행시간이 담겨 있다

한 숟가락 꿀을 머금으면
입안 가득 하늘의 향기가 고인다
아무리 꽃이 피어도
하늘이 내려주지 않으면
꿀 한 방울 딸 수 없다
꿀은 하늘이다

꿀 한 모금 다시 삼킨다
종소리처럼 꿀이
몸 속으로 퍼진다
하늘이 몸 속으로 들어간다

꽃은 지지 않는다
─ 양봉일지 9

아카시아 꽃이 시드는 비애를
벌은 헛되지 않게 한다

벌이 따온 아카시아 꿀
감기가 걸려 한 술 머금으면
따끔한 목 안이 어느새 편해진다

나는 눈보라처럼 날리는
아카시아 꽃잎 사이를 가는 사람
꽃보라처럼 날리는 생을
괴로워하지 않는다

아카시아 꽃 시들어도
벌이 있어 꿀이 있어
꽃은 지지 않는다
꿀 먹은 사람 속에서
아카시아 꽃 다시 환하게 핀다

벌통을 옮겨놓으면
─ 양봉일지 10

야반도주하듯이 벌통을 옮겨놓고
새벽 하늘 별 사라지면
마음이 가뿐해진다
통이 트기가 무섭게
낯선 숲으로 들로 나가는
벌들을 보면 왕이 부럽지 않다
벌통 바르게 받쳐주고 나면
첫 햇살 하늘 아래 가득하다
물꼬 보러 나온 마을 사람들
올해에도 꽃 찾아온
해묵은 얼굴 알아보고
올해 꿀 많이 떠야지
꿀 많이 떠야지
덕담 한 마디씩 던진다
오늘은 벌들이 아주 멀리 날아간다

꽃우물
— 양봉일지 11

뜬눈으로 벌을 옮겨 놓고 나면
이슬에 축축이 젖은 몸
손가락까지 굳어버려 움직일 수 없지만
아카시아 꿀 폭밀이면
피로가 싹 가신다
두 다리에 어느새 새 힘이 오른다
꽃 찾아 날아가는 벌 보이지 않지만
어느새 까맣게 하늘을 이끌고 내려오는
꿀 가득 머금은 벌 벌 벌
가볍던 벌통 어느새 가득 차
들어 옮기려면 허리가 휜다
오래 집 나갔던 서방 돌아와
동이물 길어 나르는 새댁보다
천지간 꽃우물에서 꿀 길어오는
벌들이 더 빠르다

꿈 속에 피는 꽃
—— 양봉일지 12

벌 치는 사람은 한겨울에도
아카시아 꽃 만발하는 꿈을 꾼다
꿈 속에 아카시아 꽃 지천이었는데
비바람 몰아쳐 죄다 떨어지는 꿈 꾸고 나면
한겨울에도 식은땀이 흐른다
함박눈 내리면 지는 꽃잎 같아
가슴이 철렁 내려앉을 때도 있다

강원도
—— 양봉일지 13

벌 가득 싣고
강원도로 떠나는 밤
산골에는 밤에도 바람이 분다
벌집 같은 대도시 도로를 헤집다
겨우 찾아든 강원도
벌통을 다 부려놓고
하늘을 올려다보면
벌들이 날아다닌
하늘 길이 보인다
이제 동이 트면
밤새 별이 닦아놓은 새 길을 타고
벌들이 튀어나갈 것이다

꽃의 말을 알아듣는가
—— 양봉일지 14

내일은 도토리밭으로
이동해야 하는데 벌써 팔다리가 쑤셔온다
봄 벌을 키웠던 중화동 동백꽃
다시 눈에 선연하다
동백꽃이 동박새 부르듯이
유채꽃이 나를 붙잡는다
벌통 옮기려 하니 온몸이 아파온다

나는 어느새 꽃의 말을 알아듣게 되었는가

육십령 백령
―양봉일지 15

앞유리 때리는 빗방울
짐칸 가득한 벌통이 덜컹대면
내 마음도 덜컹거린다

경상도 너머
벌통 옮겨놓아야 할 곳
게릴라성 호우가 앞서 간다

육십령 백령쯤 넘으면
먼저 간 집중 호우
그만 지쳐 돌아설 것이다

벌 한 통 빌려주다
—— 양봉일지 16

고추 호박 수정이 되지 않아
얼큰한 된장국 한 그릇 끓여먹을 수 없다고
조카사위가 난생 처음 강원도까지 달려와
벌 한 통만 달라고 한다

조카사위 사는 동네
독수공방 청상과부처럼 외롭던
고추 호박 열무 상추 가지 오이 참외 수박
벌 한꺼번에 날아들어
난리법석 났겠다

4

논둑 건너 배밭
—— 매호리 시편 1

논둑 건너 배밭 있다
1톤 트럭 시동 거는 소리
안개가 전봇대를 뭉텅뭉텅 잘라먹는다
논둑 건너 배밭 있다
배밭 주인 개가 밀착 경호한다
까치가 배밭에서 전깃줄로 황급히 날아오른다
올려다보는 개의 눈빛과
내려다보는 까치 눈빛이 부딪힌다
달맞이꽃 시들어가는 오전
논둑 건너 배밭 있다
이윽고 바람 불고
세상 푸른 것들이
잎사귀를 흔든다
논둑 건너 배밭 굵어지고
개 움칫 놀라 긴장한다
까치 한 마리
배 하나 떨어뜨린다

대형 사고
―매호리 시편 2

벼랑 같은 논둑
1톤 트럭이 끙끙댄다
경운기 바퀴 자국 따라 가려다가
고랑에 빠졌다
달맞이꽃이 비켜서려다
발목이 빠지지 않아 쩔쩔맨다
개구리는 웅덩이 속으로 뛰었다

1톤 트럭 안에
한 해 지을 농사 다 들어 있는데
1톤 트럭 논둑에 빠져
꼼짝 못하고 있다

아 침
—— 매호리 시편 3

밤이면 불빛만 남겨놓고
매호리는 죽는다
초롱초롱하던 별빛도
새벽이면 서둘러 돌아간다

개 짖는 소리가 요란하게
아침을 맞이하는
매호리
매일 아침 부활한다

1톤 트럭은
1톤만큼의 노래를 싣고
논으로 향한다
매호리 사람들 꿈은
어제보다 더 커져 있다
배추밭 고추밭도
어제보다 더 푸르르다

가을이 가까워지는
아침 햇살이
매호리에 제일 먼저
내리는 것 같다

흐린 불
──매호리 시편 4

개구리 울음 소리를 듣다가
산골 외등 졸고 있다

박꽃 너머로
별똥별 떨어지고

주막집 주모
오늘도 누구를 기다리나

주막집만 빼놓고
매호리는 모두 제자리에 있다

단벌 옷
—— 매호리 시편 5

따로 옷 한 벌 예비해 두지 않아
개는 늘 불안하다
누가 단벌 옷 빼앗으러 오나
귀를 안테나처럼 쫑긋 세워놓고 있다

한 오백 년

느티나무 가지 뻗어
사촌 육촌……
산이 산을 껴안듯
길이 길로 이어지듯
마을 입구 오래된 느티나무
커다란 한 타래 실이다
한 오백 년 옹이 되어 박힌 나무
까치가 집 지은 가지는
한일합방 때 뻗어나온 것이고
6·25 지켜본 가지도 있다
시집 가는 누이동생
배웅한 가지도 있고
서울 가서 쫄딱 망한
조카를 새벽에 맞아준
가지도 많이 자랐다
느티나무 아래에 서면
실타래가 풀린다
이야기가 끊이지 않는다

꽃의 맨 뒤에서 시를 따다

'굴이 갯바위에 달라붙듯 내 너를 사랑하리니…'

이 문 재 | 시인

이종만 시인을 처음 만난 곳은 섬이었다. 삼천포(사천) 앞바다, 사량도. 벌써 십수 년 저쪽 일이 되었다. 삼천포에서 배를 타고 남동쪽으로 한 시간 가량 달려, 한려수도의 한복판 사량도에 닿았다. 사량도에서 다시 통통배를 갈아타고, 눈앞에 보이는 섬으로 향했다. 아주 작은 무인도, 대나무가 많아 대섬이라고 부른다고 했다.

사량도는 이종만 시인의 고향이었다. 사량도에서 나고 자라다가, 진주로 나왔다. 하지만 시인은 고향을 자주 찾았다. 특히 몸에 탈이 나면, 사량도가 거느리고 있는 작은 섬으로 들어가 병을 다스렸다. 한번은 위장이 거의 기능을 멈춘 적이 있는데, 혼자 섬에 들어가 달포 가량 생선만 먹으며 위를 정상으로 돌려놓았다. 그는 고향을 떠난 것이 아니었다. 그는 고향을 떠날 수 없는 사람이었다.

1994년 여름이었다. 사천에 살며 소설을 쓰는 정동주 선생을 따라나선 바닷길이었다. 우리 일행이 병풍 같은 사량도(윗섬)가 빤히 건너다보이는 대섬에 닿아, 다도해를 키우는 청정 해역에 발을 담그고 있을 때, 우리를 실어 나른 고깃배에서 횟감이 내려졌다. 그 배의 선장은 사량도에서 어업을 하고 있는 이종만 시인의 매형이었다. 사량도의 회는 육지와 달랐다. 회를 뜨지 않았다. 작은 물고기의 배를 갈라 내장을 빼낸 다음, 거기에 된장이며 풋고추를 넣어 통째로 먹는 것이었다. 그렇게 넉넉하고 싱싱한 회는 그 때가 처음이었다.

그해 여름, 이종만 시인과 나는 몇 마디 나누지 못했다. 일행이 많았고, 대섬에서 나는 아이들 뒤치다꺼리를 하느라 정신이 없었다. 그후 서울에서 이종만 시인을 가끔 만났다. 일 년에 한두 번 정도였다. 인사동이나 대학로에서 몇 번 만났지만, 그는 워낙 말수가 없었다. 술을 마시는 것도 아니었다. 간혹 최근에 쓴 시라며, 작품 몇 편을 보여주곤 했는데, 나는 한참 어린데다, 시에 대해, 그것도 면전에서 이러쿵저러쿵 떠벌이는 데 익숙하지 않아, 다음에 보겠다며 가방에 집어넣곤 했다. 하지만 그뿐이었다. 30대 후반에서 40대 초반으로 넘어가던 시기, 나는 지나치게 분주했다. 바쁜 사람의 특징 가운데 하나는 무심하다는 것이었으니, 시인의 시에 대한 독후감을 전해주지 못했다.

1990년대 후반만 해도 시인은 백발이었다. 검은 머리카

락이 한 올도 없어 보였다. 죽을 지경으로 몸이 아파 머리
가 하얗게 변했다는 것이었다. 그에게는 시보다 병이 먼저
찾아왔다. 띄엄띄엄 만나면서 얻어들은 '살아온 이야기'
를 종합해 보면, 젊은 시절 그는 몇 번이나 죽음의 문턱을
넘나들었다. 한쪽 다리가 마비되어, 용하다는 의사를 찾아
동해안 장생포까지 버스를 예닐곱 번 갈아타며 다녀온 적
이 있었다. 그때 우연히 초등학교 은사를 만나 지압에 눈을
떴다. 위가 상했을 때는 혼자 섬으로 들어갔고, 어떤 때는
통증을 이기지 못해 밤새도록 자기 몸 여기저기를 찔러대
피가 낭자한 경우도 있었다. 그러기를 몇 년, 그는 자기 몸
에 대해, 인간의 병에 대해 '한 소식'을 얻었다. 그리고 벌
을 만났다. 1980년대 중반, 양봉을 시작한 것이다. 꽃을 따
라다니며, 벌과 대화하며 삶을 되찾았고, 이윽고 시와 만났
다. 꽃의 맨 뒤에서, 꿀과 같은 언어를 건져올린 것이다.

　　생각하기보다 기도하기로 한다
　　기도하기보다 미소짓기로 한다
　　미소짓기보다 손을 잡아주기로 한다

「별」 전문이다. 단 3행으로 이뤄진데다, 끝말이어가기처
럼 의미가 이어져 있다. 생각하기보다 기도를 하겠다는 마
음가짐이 기도와 미소를 거쳐 손을 잡아주겠다는 각오에
서 끝난다. 그러니까 네 개의 동사로 이뤄진, 의미상으로는

한 문장으로 씌어진 시라고 봐도 무방하다. 하지만 이렇게 짧은 시에 적지 않은 메시지가 압축 내장되어 있다. 생각하기는 인간의 차원이다. 기도는 인간이 신에게 올리는 가장 절실한 요청이다. 생각을 뛰어넘는, 인간을 초월하는 언어다. 자신을 신에게 의탁하지 않는 인간은 절대 기도를 하지 않는다. 그런데, 바로 두 번째 행에서 인간과 신의 관계를 벗어난다. 신에 의지하지 않고, 미소를 짓겠다는 것이다. 미소란 무엇인가. 멀리로는 부처와 가섭 사이에 오간 이심전심의 미소가 있다. 부처의 꽃을 보고 빙긋이 웃은 가섭. 깨달았다는 신호였다. 선불교가 탄생하는 순간이었다.

미소는 언어 이상이다. 언어로 설득하거나 설명하기 어려운, 언어보다 큰 의미를 담고 있다. 괜찮다, 다 알고 있다, 지켜보겠다…… 이해, 수용, 인정, 동감, 관용, 응원, 기대, 사랑 등등 미소의 스펙트럼은 실로 다양하다. 그러나 다양하다고 해서 그 의미가 희석되지는 않는다. 미소를 짓는 사람과 그 미소를 바라보는 사람 사이에는 이른바 커뮤니케이션 에러가 발생하지 않는다. 주어 동사 목적어로 이뤄진 구체적이고 정확한 언어가 오히려 소통의 장애요인일 때가 많다. '나는 너를 사랑한다' 라는 언어(기표)가 진실한 사랑(기의)을 견인하지 않거나, 담보하지 못할 때가 얼마나 많은가. 언어의 모순, 언어의 역설이다.

신에게 기도를 올리지 않고 미소를 짓겠다는 결심에는 두 겹의 변화가 있다. 하나는 신을 향하기보다, 인간인 내가 인간인 그대를 인간으로서 마주하겠다는 것이고, 또 다른 하나는 신을 위한 인간의 언어(기도)를 버리고, 미소라는 보다 근원적이고 직접적이며 종합적인 보디랭귀지를 채택하겠다는 것이다. 다시 그런데, 마지막 행에서 시의 화자는 한걸음 더 나아간다. 미소를 짓기보다, 직접 손을 잡아주기로 한 것이다. 손을 잡아주는 것은 손을 잡는 것, 손을 잡히는 것과 전혀 다른 차원이다. 어쩌면 기도와 미소를 통해 신의 경지에 올라간 것인지도 모른다. 손을 '잡아줄 수 있는' 사람은 어린이이기보다 어른이고, 자식이기보다는 부모이며, 약자이기보다는 강자이기 때문이다.

이 시는 전혀 다르게 접근할 수도 있다. 화자를 별로 대체하면, 별이라는 천상의 존재가 보기에, 지상의 인간은 얼마나 하찮고 가엾고 어리석은가. 별은 인간을 위해 마음을 쓰고, 기도하거나 미소짓다가 아예 안 되겠다 싶어, 외롭고 쓸쓸하고 힘없는 인간의 손을 잡아주기로 한 것인지도 모른다. 이 때 별의 손은 별빛일 터. 이때의 별은 신일 수 있고, 또 뭇생명을 안타까울 정도로 사랑하는 시인 자신일 수도 있다.

밤하늘에 떠 있는 별과 그 별을 바라보는 사람은 계속 바꿀 수 있다. 부모와 자식, 사랑하는 남녀, 스승과 제자, 멀리 떨어져 있는 벗 등 그 배역은 얼마든지 교체가 가능하다. 여기에 시의 화자와, 화자가 생각하는 대상과의 거리가 점층적으로 가까워지는 사태까지 음미하면 「별」은 결코 짧은 시가 아니다. 또한, 손을 잡아주기보다 미소지으려 하고, 미소짓기보다 기도하려 하며, 기도하기보다 생각하려 하는, 생각조차 하지 않으려 하는 우리들을 향한 꾸짖음이라는 데까지 이르면, 「별」은 여간 부피가 큰 시가 아니다.

「별」에 이어 「나의 소원」을 읽어보자. 이 시는 단 한 줄, 한 문장으로 이뤄져 있다.

굴이 갯바위에 달라붙듯 내 너를 사랑하리니…

굴은 바위에 달라붙지 않으면 생존할 수 없다. 바위 같은 단단한 그 무엇에 제 몸의 단단한 껍질을 붙이고, 그 안에 부드러운 속살을 키운다. 굴의 껍질은 바위 못지 않게 단단하다. 바위와 껍질이라는 두 개의 단단함이 결합해 세상에서 가장 여린 속살을 보호하는 것이다. 그런데 갯바위에는 단 하나의 굴만 달라붙는 것이 아니다. 거기가 굴이 서식하기에 적합한 환경이라면 갯바위에는 굴이 강력하게 달라붙을 뿐만 아니라, 다닥다닥 달라붙는다. 바위가 보이지 않을 만큼 수많은 굴이 달라붙는다. 굴이 바위에 달라붙는 결연함은 그야말로 생사를 건, 사투처럼 보인다. 바위에 달라붙지 않으면 살아남지 못하기 때문이다. 그러니까 굴이 갯바위에 달라붙듯이 하는 사랑은 세상에서 가장 치열한 사랑이다. 나는 사랑에의 의지가 이처럼 강렬한 시는 많이 알고 있지 못하다. 「별」보다 더 짧은 시이지만, 더 강력한 메

시지가 응축되어 있다.

「나의 소원」과 「별」에서 우리는 인간과 생명, 자연과 우주를 대하는 시인의 태도와 시각을 읽을 수 있다. 얼핏 두 시에 나타난 시의 화자의 접근법은 모순처럼 보일 수 있다. 「별」에서 미소짓는 대신 아무 말 없이 다가가 손을 잡아주는 별과, 갯바위에 달라붙는 굴은 서로 거리가 멀어 보인다. 하지만, 인간의 심리는 일관성이 있기보다, 끊임없이 흔들릴 때가 훨씬 많다. 한 사람을 사랑할 때조차 '별'에서 '굴'에 이르는 실로 다양하기 그지없는(별과 굴 사이에는 얼마나 큰 '고도 차이'가 있는가) 마음의 국면들이 교차하고, 겹치고, 갈라진다. 사랑할 때는 그 대상뿐 아니라 자기 자신을 향해서도 분열증과 편집증이 뒤섞이는 것이다.

그러나 현실에서는 굴 같은 사랑, 별빛 같은 사랑은 이뤄지지 않는다. 시인은 별빛처럼 말없이 다가가 손을 잡아주고 싶어하지만, 사랑은 손을 내밀지 않거나, 나타나지조차 않는다. 버스를 매개로 한 두 편의 시가 있다.

버스는 제 알을 품는 암탉처럼 나를 품어준다 버스 같은 사람 아직 이 세상에서 보지 못했다
— 「버스는 나를」 중에서

내 눈보다 귀가 먼저 정류장에 나가 있다 그러나 그녀는 오지 않는다 어떤 때는 이틀이 멀다하고 온다고 해 나를 정

류장에 살게 한다

——「그녀는」 중에서

'그녀'를 기다리느라 정류장에 사는 '나'는 기다림에 지친다. 사람에게 지는 것이다. 그리하여 사람이 아니라 자신을 품어주는 버스에게서 모성애에 가까운 아늑함을 느낀다. 별과 굴의 시학은 세상의 한가운데에서 어느새 버스 같은 사람을 그리워하는 지경으로 뒤바뀐다. 그러나 그것도 잠시, 시인은 다시 원형의 세계로 귀환한다. 원초적 질서가 있는 세계, 그곳은 버스나 택시가 다니는 번잡한 문명의 거리가 아니다. 그에게 문명은 장터가 끝이다. 그는 장터 바깥으로는 나가지 않는다. 장터 이쪽, 강과 산, 마을과 숲을 벗어나지 않을 때, 그의 시는 단아하고 단정하며 단단한 서정시의 높이를 유지한다. 남녘의 한 장터에서 발견한 사람과 사람 사이의 그리움을 보자.

버들붕어 잡다
물소리에
씻긴 줄도 모르고 씻겨서
눈물같이 드러나는 사람
그 맑은 강물에조차
웅어리진 채
어른이 되고 말아

아직도 아픈 사람

작설차 향기 배인

산맥은 푸르러 푸르러

장터에서 묻는 찻잎 같은 안부

잡은 끈 놓지 못해

저무는 봄날

'눈물같이 드러나는 사람'이 성장해 '아직도 아픈 사람'이 되었다. 버들붕어를 잡을 때라면 어린 시절이었을 터. 물고기를 잡는 데 정신이 팔려 물소리조차 듣지 못한다. 그러다가 허리를 펴고 고개를 들면 해맑은 얼굴이 드러나는 것인데, 아, 소년은 눈물처럼 맑았다. 그러나 눈물처럼 맑은 강물도 다 씻어내지 못한 응어리는 과연 무엇이었을까. 성년식을 치르고 나서도 무의식 저 아래에 남아 있는 상처는 무엇이었을까. 그 상처는 소년 시절 만났던 사랑이 아니었을까. 성인이 되어 장터에 들른 남자가 '찻잎 같은 안부'를 묻는다. 찻잎은 작고, 찻잎이 우러난 작설차는 은은하거니와, 안부는 희미했으리라. '아이가 둘이라던가' 아니면 '남편이 달포 전에 퇴원했다지, 아마' 같은 전후 맥락이 없는 한두 마디 소식. 그러나 남자는 찻잎처럼 작고 여린 안부를 부여잡고 봄날 저녁 홀로 애달파하는 것이다. 사랑을 잊지 못해 아픈 것이다.

「화개장터」에서 화자는 어린 시절의 응어리를 어쩌지 못

하고 있지만 「못 하나」의 화자는 삼십여 년 만에 고향집을 찾았다가, 어린 시절 물푸레나무에 박아놓은 못이 뽑히지 않자 '쾅쾅 쾅쾅/더 박고 돌아' 온다. 뽑히지 않는 못을 다시 박는 행위는, 상처를 자기화하는 또다른 극복 방식이다. 상처를 기정사실화하고 상처와 더불어 살려는 삶의 적극적 태도다. 모든 못(상처)이 뽑힌다면 그 못은 제대로 된 못이 아닐 것이다.

별과 굴, 찻잎과 못의 사랑은 이윽고 고요의 세계로 진입한다. 명실상부한 성인, 인간과 자연 앞에서 홀로 서는 단독자가 된 것이다. 시인에게 고요는 죽음의 은유이기도 하지만, 성숙한 생명과 동의어이기도 하다. '잠든 이 깨우지 마라/꽃 피어 물소리 새롭다 해도/잠든 이 고요 흔들지 마라/아예 부르지도 마라/눈물도 흘리지 마라' (「죽은 형님」)에서처럼 고요는 산 자들이 감히 범접할 수 없는 이승 너머의 세계이다. 동시에 죽음 또한 이승을 간섭할 수 없다. 이때의 고요는 단절의 고요이다. 그러나 가을 산에서 만난 고요는 전혀 다르다. 생명은 소리를 발생시키는 주체이기도 하거니와 산 속에서는 수많은 소리와 마주친다.

단독자는 자기 삶의 중심인 동시에, 우주 전체와 마주하는 존재의 주인이다. 경박한 세속적 흐름이나 가치에 흔들리지 않는다. '한겨울 산그늘 드리웠는데도/음촌은 산그늘만 덮고 있다/음촌은 양촌을 꿈꾸지 않는다' (「오래된 마을」)에서처럼. 그러나 자연의 변화에는 누구보다 민감해진다. 스스로 자연에 가까워져 있기 때문이다.

　　귀뚜라미 울음에 방문을 열다

　　휘영청 달빛에 방문을 열다

　　소복소복 내리는 눈에 방문을 열다

　　소리 없는 봄비에 방문을 열다
　　　　　　　　　　　　　　　　──「방문을 열다」 전문

　방문은 인간을 위한 구조물이다. 그러나 이 시에서 방문은 인간을 위해 사용되지 않는다. 귀뚜라미 울음, 달빛, 눈 내리는 소리, 봄비를 맞이하기 위해 방문을 연다. 시의 화자는 왁자지껄한 세속으로부터 멀어져, 자연과 더불어 깨어 있다. 그의 시는, 숲과 풀밭에서, 숲과 풀밭을 위하여 씌어진다. 그의 시에서 인간은 외딴 집에 혼자 사는 벙어리 과부(「어둠」)이거나 집 지키는 개 한 마리도 없는 홀아비(「김씨의 저녁」), 혹은 돌아가신 어머니에게 뒤늦은 효도를 하는 아들(「달」) 등이다. 그의 시는, 세상으로부터 버림받은, 그리하여 인간이기보다 자연에 훨씬 가까워진 사람들을 주목하는 것이다.

개망초꽃에게 우리 장미야, 하고 불러본다

나비가 날아와 앉는다

장미꽃에게 개망초, 이 개망초야, 하고 불러본다

나비가 날아와 앉는다
──「꽃이름」 전문

이 시는 언어의 한계, 나아가 인간 중심주의의 급소를 정확하게 찌르고 있다. 개망초꽃과 장미꽃을 구별하는 것, 개망초와 장미에게 이름을 붙여주는 것은 오직 인간에게만 의미가 있다. 개망초와 실제 개망초와는 아무런 상관이 없다. 개망초는 개망초가 아닌 것과 구별짓기 위한 하나의 음성, 발음, 기호일 뿐이다. 꿀을 구하는 나비에게는 더욱 그렇다. 나비에게는 개망초꽃과 장미꽃은 '맛의 차이'일 뿐 다른 그 무엇도 아니다. 나비에게 장미꽃이 더 아름다운 것은 결코 아니다. 「꽃이름」은 언어의 감옥, 더 정확하게는 이름을 붙이지 않으면 결코 호명할 수 없는, 인간의 한계를 통렬하게 꾸짖고 있다. 인간은 이름을 붙여야 한다는 강박에 시달리는 존재이다. 인간은 이름의 감옥에 갇혀 있는 것이다.

이종만 시인의 시가 도시와 문명을 등지고 자연으로 회

귀하는 사태는 당연하고 또 자연스러워 보인다. 개망초와
장미를 구분하는 세계는 인간이 중심인 세계이다. 이종만
시인은 인간 중심주의를 내려놓고, 숲으로 들어간다. 거기
서 시인은 나무나 소리 같은 사연의 구성물과 동등해진다.
다음과 같은 시에서, 시인은 아예 관찰자의 자리로 멀찍이
물러나 있을 뿐, 풍경이나 상황에 일체 관여하지 않는다.

> 제 발자국 소리에 놀라
> 십 리쯤 달아난 노루
> 망개나무 오얏나무
> 스치는 바람소리뿐
> 길 잃지나 않을까
> 꼬리 문 물소리뿐
>
> 제가 고요한 만큼
> 산은 억새꽃을 피워놓고
>
> ——「가을 산」 전문

노루, 망개나무, 오얏나무, 계곡물 모두 소리와 연관되어
있다. 여름 산이 초록이라는 빛깔의 네트워크라면, 초록을
내려놓은 가을 산은 뼈로 돌아가 바람의 결을 벼려놓는다.
소리로 가득 차는 것이다. 그런데 저 수많은 생명을 품고
있는 산은 '제가 고요한 만큼' 억새의 꽃을 피워올린다. 소

리의 끝에서 고요하게 피어오르는 무채색의 꽃, 억새꽃의 무리가 능선을 치고 오르는 바람에 몸을 맡기고 있다. 소리가 고요를 낳고, 고요가 다시 소리를 낳는, 자연의 정교한 연결고리를 발견하는 시인의 눈은 얼마나 맑고 고요하고 그윽한가.

> 벌은 야반도주하듯이 옮겨야 한다
> 남의 것 떼어먹고 도망치는 사람처럼
> 그러나 나는 꽃 속에 사는 사람
> 꽃 속으로 떠나야 하는 사람이다
> 벌통을 옮기는 날은 정해진 날이 없다
> 점심 먹다가도 꽃 피었다는 소식이 오면
> 첫 별 머리에 이고
> 어둠 속으로 스미듯 달려간다
>
> ──「야반도주하듯이」 부분

이종만 시인에게 꽃과 벌, 즉 양봉은 시 못지 않은 생업이다. 아니 그의 시는 꽃과 벌 사이에서 나온다. 화신(花信)을 따라 남녘 바닷가에서 휴전선 부근까지 올라간다. 꽃은 치열한 생명이고, 벌 또한 자기 생을 단 한치도 낭비하지 않는 치열한 생명이다. 꽃과 벌에게서 생명의 신비를 배우는 것이다. 그는 꽃의 맨 앞에서 꿀을 따고, 꽃의 맨 뒤에서 시를 쓴다.

꿀 한 되에는
지구를 몇 바퀴 돈 길이만큼
길고 긴 벌의 길이 들어 있다
길고 긴 비행시간이 담겨 있다

한 숟가락 꿀을 머금으면
입안 가득 하늘의 향기가 고인다
아무리 꽃이 피어도
하늘이 내려주지 않으면
꿀 한 방울 딸 수 없다
꿀은 하늘이다

─「꿀은 하늘이다」 부분

이종만 시인이 없었다면 꽃과 벌은 한국시의 미래로 남아 있을 뻔했다. 그의 양봉일지 연작이 그의 다른 시들에 견주어 빼어나다고 할 수는 없다. 그에게서 직접 벌의 생태나 꿀의 효용, 꽃을 따라다니는 야생의 삶을 들은 사람은 그의 양봉일지 연작이 싱거울 수도 있다. 하지만 이제 시작이다. 그는 시로 마음의 병을 치유하고, 꿀을 만났다. 시인인 그는 시로 독자의 마음을 다독이면서, 꿀로 몸의 병을 고치러 다닌다. 그가 벌꿀에서 추출한 프로폴리스나 로얄제리는 죽어가는 사람 몇을 일으켜 세웠다고 들었다.

이종만 시인의 시는 자연에서 추출한 순도 높은 '고요의

시' 이다. 나무와 숲, 꽃과 풀, 별과 벌의 말을 알아듣는 자연, 아니 야생의 시이다. 그는 인간이 닦은 길이 아니라 꽃이 내는 길을 따라 봄에서 가을까지 꽃과 벌과 별과 더불어 생명의 한복판에서 살아 있다. 그의 시와 삶은 우리가 두고 온 문명의 오지가 아니다. 그의 꽃과 꿀은 우리가 기필코 가야 할 '오래된 미래' 다. 그는 갯바위에 들러붙는 굴처럼 치열하게 생명에 달라붙어 있다. 그가 우리보다 먼저 가 있는 것이다.

이종만 시인
경남 통영 사량도 출생.
32세 때 대처로 나옴. 1992년《현대시학》으로 등단.
한국시인협회, 현대시학회, 마루문학 회원.

오늘은 이 산이 고향이다
이종만 시집

·

초판 1쇄 발행일   2006년 8월 25일

·

지은이 · 이종만
펴낸이 · 김종해
펴낸곳 · 문학세계사

·

주소 · 서울시 마포구 신수동 345-5(121-110)
대표전화 · 702-1800, 팩시밀리 · 702-0084
mail@msp21.co.kr   www.msp21.co.kr
www.seein.co.kr(계간 시인세계)
출판등록 · 제21-108호(1979.5.16)

·

값 6,000원
ISBN 89-7075-368-0   03810
ⓒ이종만, 2006